AF457742

MOTTEROZ, Adm.-Direct. des Imprimeries réunies, A, rue Mignon, 2, Paris

1883 Avril 13

TABLEAUX

ANCIENS ET MODERNES

ET

ŒUVRES DE PALIZZI

VENTE HOTEL DROUOT, SALLE N° 3

Le Vendredi 13 Avril 1883

A DEUX HEURES

EXPOSITION LE JEUDI 12 AVRIL 1883

DE UNE HEURE ET DEMIE A CINQ HEURES

Me ESCRIBE
COMMISSAIRE-PRISEUR
6, rue de Hanovre

MM. HARO ✻ et FILS
PEINTRES EXPERTS
14, rue Visconti, et rue Bonaparte, 20

1883

CATALOGUE

DES

TABLEAUX

ANCIENS ET MODERNES

ET

ŒUVRES DE PALIZZI

DONT LA VENTE AURA LIEU

HOTEL DROUOT, SALLE N° 3

Le Vendredi 13 Avril 1883

A DEUX HEURES

EXPOSITION LE JEUDI 12 AVRIL 1883

DE UNE HEURE ET DEMIE A CINQ HEURES

Mᵉ ESCRIBE
COMMISSAIRE-PRISEUR
6, rue de Hanovre

MM. HARO & et FILS
PEINTRES-EXPERTS
20, rue Bonaparte, et 14, rue Visconti

1883

CE CATALOGUE SE DISTRIBUE

A PARIS CHEZ

Mᵉ ESCRIBE	MM. HARO ✻ ET FILS
COMMISSAIRE-PRISEUR	PEINTRES-EXPERTS
6, rue de Hanovre	14, rue Visconti et rue Bonaparte, 20

CONDITIONS DE LA VENTE

Elle sera faite au comptant.

Les acquéreurs payeront *cinq pour cent* en plus du prix d'adjudication.

TABLEAUX

PAR PALIZZI

DÉSIGNATION

TABLEAUX

1. — Troupeau de chèvres descendant des montagnes des Abruzzes et conduit par des bergers à cheval.

T. — H., 0m,76. L., 1m,04.

2. — La Gorge aux Loups. Forêt de Fontainebleau.

T. — H., 0m,74. L., 0m,60.

3. — Effet de neige en Auvergne.

T. — H., 0m,60. L., 0m,46.

4. — Jeune Bergère. Environs de Naples.

T. — H., 0m,54. L., 0m,72.

5. — Gardeuse de moutons avec ses chiens.

T. — H., 0^{m},59. L., 0^{m},45.

6. — Le Bûcheron.

T. — H., 0^{m},46. L., 0^{m},38.

7. — Lisière de forêt avec des chèvres.

T. — H., 0^{m},46. L., 0^{m},32.

8. — La Mère et l'Enfant.

T. — H., 0^{m},46. L., 0^{m},38

9. — Chèvres à l'étable.

T. — H., 0^{m},46. L. 0^{m},38.

10. — Enfant conduisant des chèvres à la montagne.

T. — H., 0^{m},32. L., 0^{m},40.

11. — Chèvres broutant près d'une haie.

T. — H., 0^{m},46. L., 0^{m},38.

12. — Halte près d'une fontaine dans les prairies des Abruzzes.

T. — H., 0^m,38. L., 0^m,46.

13. — Maraudeurs revenant au logis. Effet de neige.

T. — H., 0^m,33. L., 0^m,27

14. — Petites chèvres dans un enclos.

T. — H., 0^m,33. L., 0^m,27.

15. — Petite fille avec des moutons sur les bords du Loing.

T. — H., 0^m,32. L., 0^m,40.

16. — Vieille femme portant une botte d'herbes.

T. — H., 0^m,38. L., 0^m,46.

17. — Chèvres dans des rochers.

T. — H., 0^m,38. L., 0^m,46.

18. — L'Ane complaisant.

T. — H., 0^m,32. L., 0^m,40.

19. — Femme conduisant boire des vaches.

T. — H., 0^{m},33. L., 0^{m},27.

20. — Village de Bouran.

T. — H., 0^{m},38. L., 0^{m},46.

21. — Jeune Fille et sa vache.

T. — H., 0^{m},33. L., 0^{m},27.

22. — Jeune Fille et ses chèvres.

T. — H., 0^{m},37. L., 0^{m},28.

23. — Chèvres. Intérieur d'étable.

T. — H., 0^{m},28. L., 0^{m},36.

24. — La Petite Bergère.

T. — H., 0^{m},36. L., 0^{m},27.

25. — Les Veaux. Intérieur d'étable.

T. — H., 0^{m},28. L., 0,36

26. — Le bon pasteur en visite. Effet d'hiver.

T. — H., 0^{m},38. L. 0^{m},26.

27. — Poules et Moutons.

T. — H., 0^{m},27. L., 0^{m},35.

28. — Relais de chasse.

T. — H., 0^{m},40. L., 0^{m},32.

29. — A travers les blés.

T. — H., 0^{m},27. L., 0^{m},35.

30. — Le Braconnier.

T. — H., 0^{m},35. L., 0^{m},27.

31. — Vaches en prairie.

T. — H., 0^{m},32. L., 0^{m},40.

32. — Moutons aux champs.

T. — H., 0^{m},31. L., 0^{m},48.

33. — Femme conduisant des vaches.

T. — H., 0^{m},32. L., 0^{m},40

34. — Femmes avec des vaches dans les herbages du Loing.

T. — H., 0^m,27. L., 0^m,35.

35. — Vache et génisse.

T. — H., 0^m,32. L., 0^m,40.

36. — Gardeuse de moutons dans les Abruzzes.

T. — H., 0^m,32. L., 0^m,40.

37. — Génisse, enfant et ânon dans une étable.

T. — H., 0^m,27. L., 0^m,33.

38. — Chevreaux.

T. — H., 0^m,27. L., 0^m,33.

39. — Jeune Fille avec sa vache.

T. — H., 0^m,27. L., 0^m,38.

40. — Jeune Femme nourrissant des poules.

T. — H., 0^m,27. L., 0^m,33.

TABLEAUX

ANCIENS ET MODERNES

TABLEAUX

ANCIENS ET MODERNES

BARILLOT (L.).

41. — Le Pâturage.

Signé à gauche.

B. — H., 0^m,26. L., 0^m,34.

BARILLOT.

42. — Le Gué. Paysage avec figures et animaux.

Signé à gauche.

T. — H., 0^m,35. L., 0^m,53.

BERTHON.

43. — L'Attente.

Signé à droite.

T. — H., 0^m,46. L., 0^m,36.

BONNAT.

44. — **Petite Italienne.**

Signé en haut à gauche.

H., 0m,34. L., 0m,26.

CHAMPAIGNE (Ph. de).

45. — **Portrait de jeune homme.**

Il est représenté à mi-corps tourné vers la droite ; en bas on lit : *Ætatis suæ* 14 A° et de l'autre côté le monogramme du peintre.

T. — H., 0m,65. L., 0m,52.

CHARLET.

46. — **L'Hiver. Paysage.**

Signé à droite.

T. — H., 0m,33. L., 0m,44.

CLESINGER.

47. — Campagne de Rome. Paysage avec animaux. Effet de nuit.

Signé à gauche.

T. — H., 0m,64. L., 1m,26.

COLIN (G.).

48. — Cabane sur les falaises. Bord de la mer.

Signé à gauche.

T. — H., 0m,37. L., 0m,55.

DAUBIGNY.

49. — Marine. Soleil couchant.

Vente Daubigny.

T. — H., 0m,54. L., 1m,15.

DEFAUX (A.).

50. — Le Pâturage. Paysage, figures et animaux.

Signé à droite.

T. — H., 1 [illegible]8. L., 1m,28.

DEMACHY.

51\. — **Paris sous Louis XVI. Vue prise du bas du Pont-Neuf.**

Signé à gauche.

B. — H., 0m,38. L., 0m,66.

DREUX (Alfred de).

52\. — **Cheval en promenade.**

Signé à gauche.

T. — H., 0m,31. L., 0m,40.

DUBOURG (A.).

53\. — **La Fenaison.**

Signé à droite.

H., 0m,54. L., 0m,55.

GERVEX.

54\. — **Paysage.**

Signé à droite.

B. — H., 0m,15. L., 0m,23.

GUARDI (FRANCESCO).

55. — **La Salute à Venise.**

Au premier plan des barques et des gondoles sillonnent le grand canal.

H., 0m,22. L., 0m,30.

GUARDI

56. — **La Dogana à Venise.**

Ces deux petits tableaux qui se font pendant sont deux jolis spécimens de ce maître agréable et spirituel.

B. — H., 0m,22. L., 0m,30.

ISABEY.

57. — **Marine. Esquisse.**

Signé à gauche.

B. — H., 0m,19. L., 0m,28.

JACQUE (CH.).

58. — **Moutons. Étude.**

Signé à gauche.

B. — H., 0m,16. L., 0m,30.

LANCRET.

59. — L'Automne.

T. — H., 0m,35. L., 0m,30.

LEVY (Henri).

60. — Le Christ en croix.

Signé à droite.

T. — H., 0m,85. L., 0m,33.

LUCAS (E.).

61. — Le Prêche. Intérieur d'église en Espagne.

Signé et daté 1852.

B. — H., 0m,40. L., 0m,56.

MANS.

62. — Kermesse. Paysage avec nombreuses figures.

Signé à droite et daté 1683.

B. — H., 0m,58. L., 0m,82.

MANS.

63. — **Fête villageoise. Bords de rivière. Vue prise en Hollande.**

Pendant du précédent.
Signé à droite.

B. — H., 0m,58. L., 0m,82.

DE MARNE (Attribué à).

64. — **La Grande Route. Paysage, figures et animaux.**

H., 0m,50. L., 0m,60.

MOOR (Carle de).

65. — **Portrait de dame hollandaise.**

Elle est représentée debout, vue à mi-corps, vêtue d'une robe noire à collerette et manches blanches ; elle tient sous son bras la traîne de sa robe et dans sa main un éventail.

B. — H., 0m,37. L., 0m,29.

NATTIER (J.-M.).

66. — La Force. Allégorie.

A été gravé par Bachelou.

T. — H., 0m,35. L., 0m,30.

NOEL (JULES).

67. — Marée basse. Marine.

Signé à gauche.

T. — H., 0m,48. L., 0m,53.

PALAMÈDES.

68. — Le Gage. Joyeuse compagnie.

B. — H., 0m,45. L., 0m,62.

PÉCRUS.

69. — Dame de qualité. Époque Louis XIII.

Signé à droite. 210

T. — H., 1m,18. L., 0m,80.

PÉCRUS (C.).

70. — **Le Médaillon.**

Signé à droite et en haut. 

B. — H., 0m,18. L., 0m,13.

PERAIRE (Paul).

71. — **Les Bords de la Seine. Paysage.**

Signé à gauche.

B. — H., 0m,20. L., 0m,34.

RUBIO (Pérez).

72. — **La duchesse d'Albe à la Floride.**

La duchesse va remonter dans sa chaise. Les porteurs, en habit vert et culotte courte, passent déjà les barres dans leurs anneaux. Pepe Hilo, le torero en réputation, vient lui ouvrir la porte ; il salue la duchesse en amoureux. Dans le fond, l'indication d'une fête populaire : *Una Romeria.*

Signé.

B. — H., 0m,26. L., 0m,39.

VEYRASSAT.

73. — Les Chevaux de halage. Paysage avec figures et animaux.

Signé à gauche.

B. — H., 0m,23. L., 0m,34.

ÉCOLE FRANÇAISE.

74. — Portrait de femme. Époque Louis XV.

T. — H., 0m,44. L., 0m,86.

75. — Sous ce numéro, les tableaux non catalogués.

76. — Trois Tapisseries. Paysages, verdures avec leur bordure ; formant une suite.

H., 2m,60.

Motteroz, Adm.-Direct. des Imprimeries réunies, A, rue Mignon, 2, Paris

www.ingramcontent.com/pod-product-compliance
Ingram Content Group UK Ltd.
Pitfield, Milton Keynes, MK11 3LW, UK
UKHW020528180726
13839UKWH00005B/2381

9 782329 480435